KB011271

Selbstporträt

Egon Schiele

Selbstporträt

자화상

Egon Schiele

에곤 실레

Kim Seona · Moon Yurim

김선아 · 문유림

서신을 보내며 에곤 실레는 무슨 생각을 했을지 한 번쯤 생각해 보았습니다. 사람들과 닿고 싶고 공감하고 싶은 마음은 아무리 채워도 채워지지 않는 것 같습니다. 채워서 없앨 수 있는 게 아닌 것도 같습니다. 특히 에곤 실레가 어머니 마리 실레에게 쓴 편지를 볼 때면 아무리 두드리고 애원해도 그녀의 영혼에 닿지 못하는, 두 사람의 인생이 어쩌면 가장 가까운 곳에 있지만 절대 하나가 될 수는 없다는 숙명 같은 것이 느껴졌습니다. 애석하다는 의미를 가진 세상의 모든 단어를 써도 모자랄 만큼 가슴이 아파졌습니다.

심리학에서 말하듯, 부모와의 관계가 이후 모든 인간관계의 출발이자 거울이기 때문에, 에곤 실레는 누구보다 마리 실레에게 사랑과 인정을 받고 싶었을 것입니다. 그래서 마리 실레에게 쓴 편지에서는 점잖은 모습도, 감정을 그대로 드러낸 모습도 나타났습니다. 그것이 에곤 실레의 꾸밈없는 모습을 우리에게 조금이나마 보여줍니다.

저도 이전에 에곤 실레의 시 번역을 시작했을 때는 어느 정도의 방향성 혹은 무엇이 되고자 하는 꾸밈과도 같은 목적을 가지고 있었습니다. 하지만 서신을 번역하면서는 한결 편안한 느낌으로 임했습니다. 그래서 시보다는 서신을 읽을 때 외로운 마음이 덜했습니다.

생각하면 창작을 한다는 것이, 혹은 예술이라는 것 자체가 전부 의미 없는 것 아닌가 싶다가도, 그래서 아름다움을 가진 것은 아닐까 생각합니다.

아마도 에곤 실레 역시 비슷한 것을 느끼지 않았을까요? 우리가 지금 그와 공감할 때, 그가 생전에 그림으로써, 글로써 찾으려 했던, 외로움의 반대편에 있는 그것을 조금이나마 줄 수는 없을지 생각해봅니다.

김선아

-

!일러두기 : 책의 편지 제목은 편집과정에서 독자의 이해를 위해 추가한 것이며, 언제 누구에게 어디서 보낸 것인지 등은 편지 제목 아래 표기되어 있습니다. 또한 본문 마지막 부분에 있는 짧은 글들은 에곤 실레의 단상을 옮겨 적은 것입니다.

Contents

옮긴이의 말 • 004
에곤 실레의 편지와 사람 • 140
Epilogue • 144

01 Fighter 싸우는 자

모든 잘못은 자연의 몫 • 10
예술가들은 언제나 '살아있을' 것이다 • 22
쓸데없는 편지 • 32
영원한 존재 • 40
돈은 악마야 • 54
오로지 나의 힘으로 • 62
성찰하는 삶을 사는 이 • 72

02 Eternal Existence 영원한 존재

태양을 보게 될 것이다 • 82
새로운 것을 존중해야 합니다 • 88
내 말을 들어봐요 • 94
희망만이 • 104
정신의 고귀함과 진실성에 • 112
어서 날 보러 와 줘 • 126
사랑의 안부 • 134

Fighter
싸우는 자

모든 잘못은 자연의 몫

레오폴드 지하체크에게, 1909. 3. 5. 빈

사랑하는 삼촌!

삼촌께 제 삶의 철학을 얘기할 수 있도록 허락해주세요.

수동성이라든지 너무 오래 억누른 인내심은, 우리를 조바심이나, 피 흘림 속에서도 무엇보다 평온해지길 요구하는 천사의 인내와 같은 우스꽝스러운 것에 이르게 합니다.

우울은 인내를 낳고, 인내는 경험을, 경험은 희망을 낳습니다. 그리고 희망은 마음의 붕괴를 지켜줍니다.

고귀했던 인간은 공평하고 합리적인 자유를 얻으려는 열망으로 폭군이 되고, 그들의 재능과 선한 의지는 열정적인 조급함에 의해 말살됩니다.

참기 위해 참는 것은 어두운 광기 아닐까요.

인내심은 보통 무감각함과 나태함, 비겁함이 섞인 결과이지요. 그러나 압력에 반대하는 의식적인 인내, 용기와 힘을 발휘해야 할 때를 아는 인내는 즉시 결과를 가져다주지는 않지만, 그 자체로 보상받을 유일한 미덕이에요.

싸우는 자, 1913

인내에는, 산을 평평하게 하고 파도를 잠잠하게 하며 돌들을 벽과 도시로 바꿀 힘이 있습니다. 그러므로 저는 자신을 정복한 사람이 가장 강력한 벽을 정복한 사람보다 더 용감하다고 생각합니다.

예민한 기질, 나약한 신경, 과열된 감수성, 그리고 고통을 불러일으키는 생각같이 자연스러운 것들을 세상은 부정적으로 여깁니다. 그러나 이런 것들에 화내고 조급해하면 우리는 불면에 시달리고, 살이 빠지고 입맛도 없어지며, 우울증에 걸릴 것입니다. 두려움은 몸과 희망의 모든 힘을 산산조각내니까요.

반면 자신을 믿는다면 용기가 생기고, 위기는 자기 신념을 매력적인 형태로 바꿀 것이며, 상상력은 그 사람을 모험가가 되게 할 것입니다.

자신의 힘을 증명하고자 하는 열망, 그리고 어려움을 정복하려는 열망은 젊은이의 대담함처럼 용기를 불러일으킵니다. 또한 용기는 위기에 신중하게 맞서는 정신적인 상태이고 자연의 아들이 가진 첫 번째 미덕입니다.

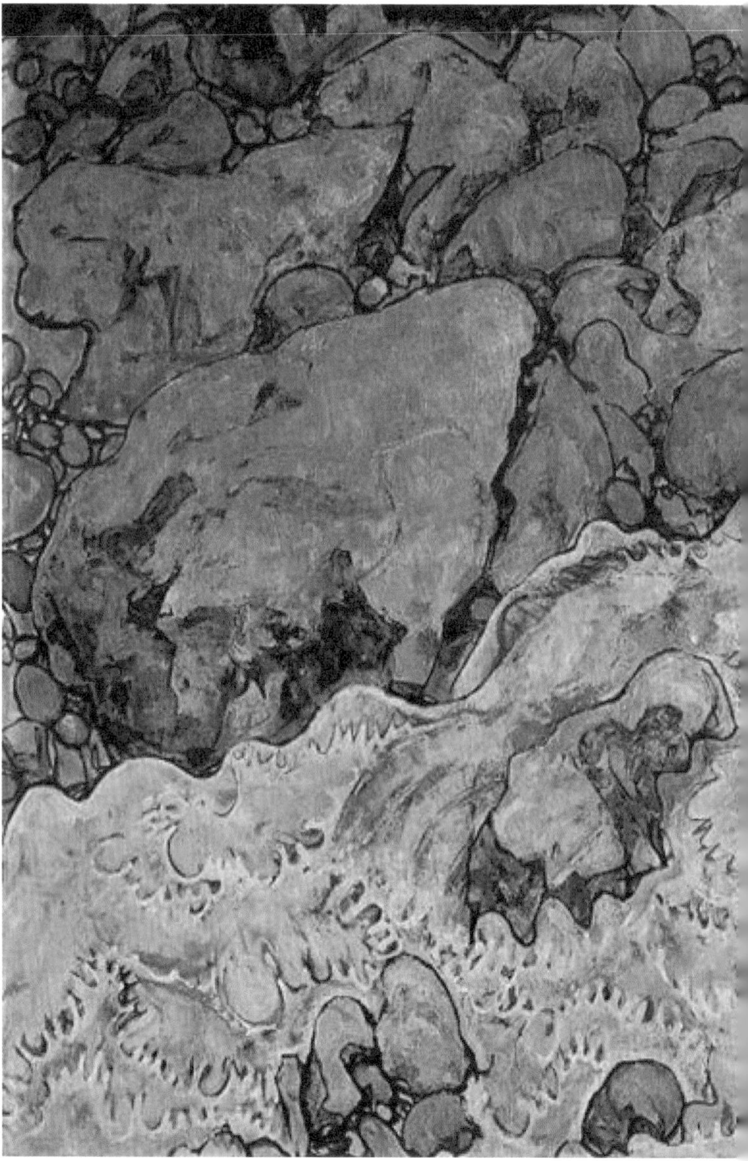

산의 계곡, 1918

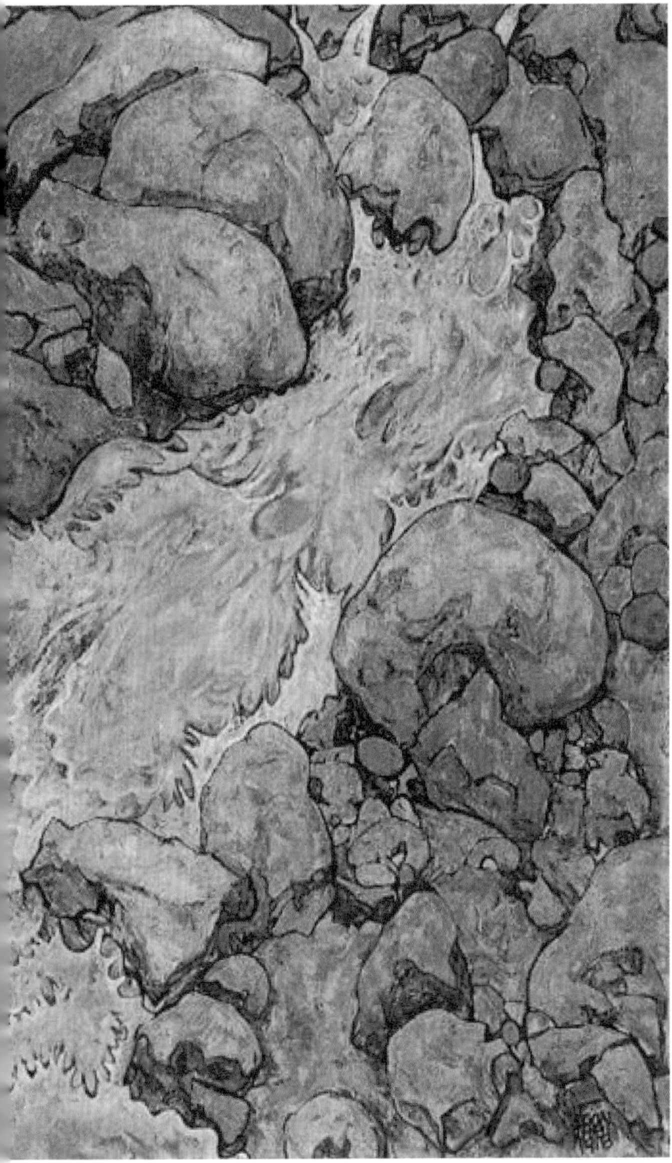

키스, 1911

독립심은 큰 행복이며 독립적인 상태를 사랑하는 이들에게는 몇 배로 더 좋은 것이지요. 그러나 대부분 사람은 그것을 즐길 수 있는 자질이 없습니다.

대자연은 동물을 볼 때와 같은 눈으로 인류를 바라봅니다.

인생은 고통의 파도를 통해 몰려오는 적들의 공격에 맞서 싸우는 전쟁이 틀림없습니다. 개인은 모두 각자의 싸움을 치러야 하며 자연이 창조한 것을 즐길 의무가 있지요.

아무것도 모르는 아이도 그 안에 이미, 아주 험난한 폭풍에 노출된 길고 긴 다리를 건널 수 있는 능력을 지니고 있습니다. 어떤 난간도 좁게 펼쳐진 그 다리를 지켜주지 않습니다. 반대편 기슭에서는 고난 한 줄, 기쁨 한 줄이 반복되어 새겨진 육지의 삶, 그 작은 섬이 있습니다. 그리고 오랜 시간이 지난 후, 사회에서 입증된 무리는 그들만의 지혜로 가득 배불러 자기들이 시작한 이곳으로 돌아올 수도 있겠지요.

의존하는 것보다 부끄러운 일은 세상에 없으며 특별한 성품에 그처럼 해를 입히고 파괴를 가하는 일도 없습니다. 이것은 제가 생각으로 아는 것이 아니라 항상 느끼고 있는 것

‘현대’ 예술이라는 것은 존재하지 않는다.
‘영원한’ 예술만이 존재할 뿐이다.

이에요. 그러나 이렇게 쓰고 있는 것도 제가 하는 일이 아니며, 제 잘못이 아닙니다.
이것은 영원하고도 가장 강렬한 충동이며, 제가 쓴 모든 것을 지지하는 존재입니다.

모든 잘못은 자연의 몫입니다.

삼촌께 늘 빚을 지고 있는 조카,
에곤

앉아있는 아이, 1916

레오폴드 지하체크의 초상, 1907

예술가들은 언제나
'살아있을' 것이다

레오폴드 지하체크에게, 1911. 9. 1. 빈

사랑하는 삼촌!

저는 노이렌바흐에 영원히 살러 왔어요. 제 목적은 위대한 작품을 그려내고 평화롭게 일하는 거예요. 빈에서는 그게 불가능했어요. 공공장소에서 일하면 일할수록 작업하기가 더 어렵더라고요. 근 2, 3년간 제가 그리거나 쓴 모든 것들은 '앞으로 무엇이 다가올 것인가'에 대한 이정표에 지나지 않는 듯해요.
그래도 여태까지 했던 작업으로 보수가 넉넉히 들어와서 생활은 유지하고 있어요.

예술가가 세상에서 무엇보다 예술을 사랑한다면, 가장 친한 친구까지도 포기할 수 있어야겠죠. 제가 삼촌 댁에 가지 않는 이유는, 이상한 해석이라는 것을 알지만, 그저 제가 반항적이기 때문이라고 상상해주세요. 실제로 저는 인생의 모든 공격에 반항하는 중이에요.

저는 모든 실험을 해볼 필요가 있어요. 그러려면 꼭 혼자 있어야 하고요.
저는 나태해져서도 흐트러져서도 안 돼요. 오로지 제 생각을 지배해야겠어요.

노이렌바흐 실레의 방, 1911

벌써 여러 목표를 달성하기도 했어요. 헤이크의 폴크방 미술관, 베스트팔렌, 베를린의 카시러 등에 제 그림 몇 점이 들어갔거든요. 저는 예술적으로 크게 성장했고, 많은 경험을 쌓았답니다. 그리고 끊임없이 예술의 '상업성'에 맞서 싸운 저 자신을 통해 더욱 높은 수준의, 단호한 성품을 얻어서 기뻐요.

제가 삼촌의 집을 떠난 것은 정말 자연스러운 일이었고 준비해왔던 것이었어요.
이제 다시는 처음으로 돌아가지 않을 겁니다. 하지만 1년 반 동안의 부재가 그저 제 자존심 때문이라고 여기지는 말아주세요.

한 카페에서 누군가 제게 명함이나 이름을 달라고 하길래 저는 한 사람당 300크라운이라고 답했어요. 그건 자존심 중에서도 순수한 자존심이었어요. 제가 이런 '현실' 덕분에 사람들의 심리를 배우면서 느끼는 건 작은 자들은 절대 겸손하지 않다는 거예요. 작은 자들은 우쭐대기엔 너무 작고, 큰 자들은 으스대기엔 너무 커요. 그래서 세상에는 가지각색의 지배자들이 있나 봅니다. 그러니 나의 지도자는 결국 '나 스스로'여야 합니다.

레오폴드 지하체크의 초상_왼 편을 보는 옆모습, 1907

제 몇몇 단상을 아래에 적어드려요.

재료가 있는 한 완전한 죽음이란 있을 수 없다.

예술에 목마르지 않은 이들은 퇴행하고 있는 것과 같다.

편협한 사람들만이 예술 작품의 효과를 비웃는다.

예술 작품 그 속을 보아라. 당신이 할 수 있다면!

예술 작품은 돈으로 살 수 있는 것이 아니라, 노력으로 얻는 것이다.

위대한 자들은 실제로 마음부터 선한 이들임에 틀림없다.

나는 세상의 소수만이 예술을 알아볼 수 있다는 사실이 만족스럽다. 이는 예술의 본질이 신성하다는 것을 나타내기 때문이다.

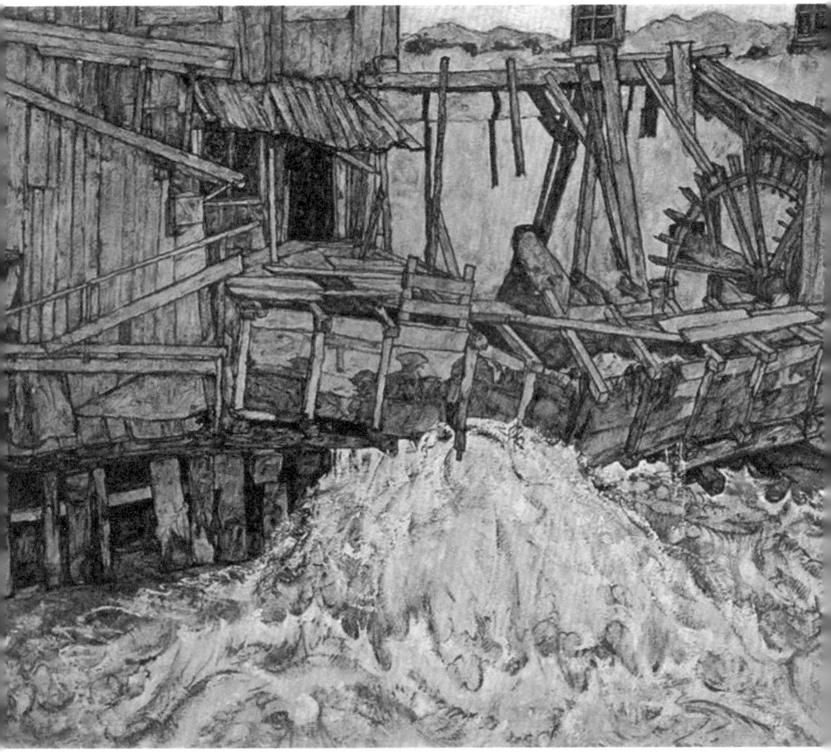

방앗간, 1916

예술가들은 언제나 '살아있을' 것이다.

나는 여전히 가장 위대한 화가들만이 인물을 그렸다고 믿는다.

나는 '현대'예술이란 존재하지 않으며, 오직 영원한 예술이 있다는 것을 알고 있다.

예술 작품의 설명을 요구한 사람은 절대 만족할 수 없을 것이다. 그는 그것을 이해하기에 아직 너무 좁다.

나는 모든 몸이 발하는 빛을 그린다.

에로틱한 예술 작품 또한 신성한 성격을 가진다!

나는 내 '살아있는' 작품의 웅장함에 겁먹을 정도의 수준까지 도달할 것이다.

진정한 예술 애호가들은 가장 오래된 작품과 가장 최

어른들은 어린 시절 자신들이 얼마나 비도덕적이었고 성욕에 지배되어 흥분했었는지 잊었나? 그들은 어린 시절의 끔찍한 열정이 얼마나 그들을 불태우고 고문했는지 잊었나? 나는 그 고통을 혹독하게 느꼈기 때문에 잊지 않았다.

근의 작품을 소유하길 바라는 경향이 있다.

'살아있는' 단 하나의 작품은 예술가를 불멸의 존재로 만들기에 충분하다.

예술가들은 내면이 넘치도록 차 있어서 자신들을 세상에 내놓아야 한다.

예술은 적용될 수 없다.

내 그림들은 사원 같은 곳에 놓여야 한다.

쓸데없는 편지

마리 실레에게, 1913. 1

제가 하는 일이 저를 돌보고 있습니다. 저 자신 말고는 어떤 선생도 필요하지 않으며, 어디서 오는 것이든 반대는 거부합니다.

돈을 보내지 않은 것은 제 잘못입니다. 하지만 솔직히 말해서 어머니의 상황은 제가 겪고 있는 것만큼 위험하지는 않아 보입니다.
최악의 상황이 생긴다고 해도, 똑똑한 페슈카가 어떻게든 위기를 모면하게 해 줄 수 있다고 믿고 있습니다. 굶고 사는 일은 없을 거예요.

오늘 저녁에 갈게요.

에곤 실레

쓸데없는 편지, 저도 지금 아주 힘듭니다. 에곤.
(!봉투에 연필로 적혀 있는 글)

풍경화는 내게 아무런 의미도 없다. 나는 풍경의 기억, 혹은 마음의 영상으로 그림을 그리고 싶다. 지금 나는 산, 물, 나무와 꽃의 신체적 움직임을 주로 관찰하고 있다. 이들은 사람의 몸과 비슷한 움직임을 가지고 있으며, 초목들은 기쁨과 고통이 시작되는 일관된 느낌을 연상시킨다. 사람들은 색을 이용해 많은 것을 창조할 수 있지만 나는 그림을 그리는 것만으로는 충족될 수 없다. 여름에는 본질과 가슴으로 존재의 깊은 곳에서 가을 나무를 느낄 수 있다. 나는 이 애석함을 그리고 싶다.

앉아있는 아이, 1918

엄마와 아이, 1914

엄마와 아이, 1911

집 벽의 창문들, 1914

영원한 존재

마리 실레에게, 1913. 3. 31. 빈

사랑하는 어머니!

규제 어린 당신의 삶에 대해 말씀드린 저의 요구가 여전히 죽은 편지처럼 남아있다는 사실과 어머니가 편협한 도덕률에서 벗어나 새롭고 참된 삶을 살도록 건넨 너그러운 조언이 당신에게 어떤 영향도 미치지 않았다는 사실이 저를 경악하게 했습니다.
이제 차라리 저의 좋은 의도를, 다른 한 사람, 요리사, 혹은 삶의 전문가 같이, 더욱 수용적인 타인이나 사물, 혹은 기업의 이익을 위해 쏟는 편이 낫다는 생각을 합니다.

저는 인생에 대하여 눈멀고 어리석은 사람들의 범위 안에 저를 가두는 것이 불가능합니다. 예리한 감각과 섬세한 감수성을 지니고 있는 사람이라면 그것을 알아차리고 저를 낙담시키려 하지 않을 것이며, 그러한 이들과 관계하는 것조차 막으려 할 것입니다. 제도권 안의 사람들은 법원에 의해 지정된 후견인을 그저 받아들이겠지만, 제 생각에 저의 진정한 지도자는 저 자신입니다.

저의 조언이 따를 만한 것이라고 주장하는 것은, 혹여 은퇴라도 해서 위험을 무릅쓰고 공짜 강의를 하겠다는 것처럼

가족, 1918

눈 먼 어머니, 1914

환상 어린 것도 아니고 미친 것도 아닙니다. 저는 그저 제가 요구하고, 하나하나 고려하고, 검증하고, 뒤쫓았던 의도가 충족되는 것을 보고 싶은 것뿐입니다.

비록 제가 꺼낸 얘기지만 이 점은 당신이 충분히 이해할 만하다고 생각합니다. 왜냐하면 제 조언의 전제 조건이 당신의 욕망에 먼저 부합하는 것이고, 저는 거기에 포함되지도 않기 때문입니다. 이로부터 제가 얻는 이익은 하나도 없습니다.

당신은 이제 인간다울 나이라고 생각합니다.
세상을 보려는 열망과 순수한 영혼을 가지고, 제한과 속박 없이, 성취한 열매와 축복과 자신만의 선천적인 고유성을 보기를 원하며, 자율적인 자신만의 근간을 가질 나이 말입니다.

보세요. 이것이 큰 차이입니다.

저는 틀림없이 가장 크고 아름다우면서도 가치 있고, 순수하며 소중한 열매가 될 거예요. 왜냐하면 제가 독립성을 통해 모아온 아름답고 고귀한 경험들이 제 안에 살아있기 때

엄마와 딸, 1913

문입니다. 저는 영원한 존재가 될 거예요.

저를 낳아주신 당신의 기쁨은 무엇인가요?

고귀한 몸에는 고귀한 정신이 깃들어 있습니다! 게르티가 그렇습니다! 그녀는 태양 없이 홀로 큰 의지의 열매입니다. 곳곳에는 퇴색한 꽃들뿐입니다.
그녀는 당신보다 독립적이고, 행복해할 수 있는 날들과 태양 이외에 어떤 지원도 필요로 하지 않습니다. 1912년 여름 이후로 저는 그녀를 보며 이렇게 말할 수 있게 되었습니다.

그녀가 제게 한 잘못은 용서했습니다. 그건 독기어린 싹이었으며, 아직 불완전하기에 때로는 다른 사람들의 영향으로부터 온 것일 수도 있습니다. 그러므로 그녀를 돌보고 극도로 애정을 품는 것이 어머니의 가장 신성한 의무입니다.
게르티를 이대로 내버려 둔다면 당신은 가증스럽고 타락한 범죄자가 될 것입니다. 게르티는 제때 잘 먹고 마셔야 하며 당신과의 논쟁 없이, 당신처럼 잘살아야 합니다.
그리고 그녀는 페슈카와 함께 고귀하게 살아가야 합니다. 제가 보았을 때 그녀는 그를 사랑하고 있기 때문이고, 우리는 그를 비난 할 수 없습니다. 게르티는 페슈카와 마음에 드

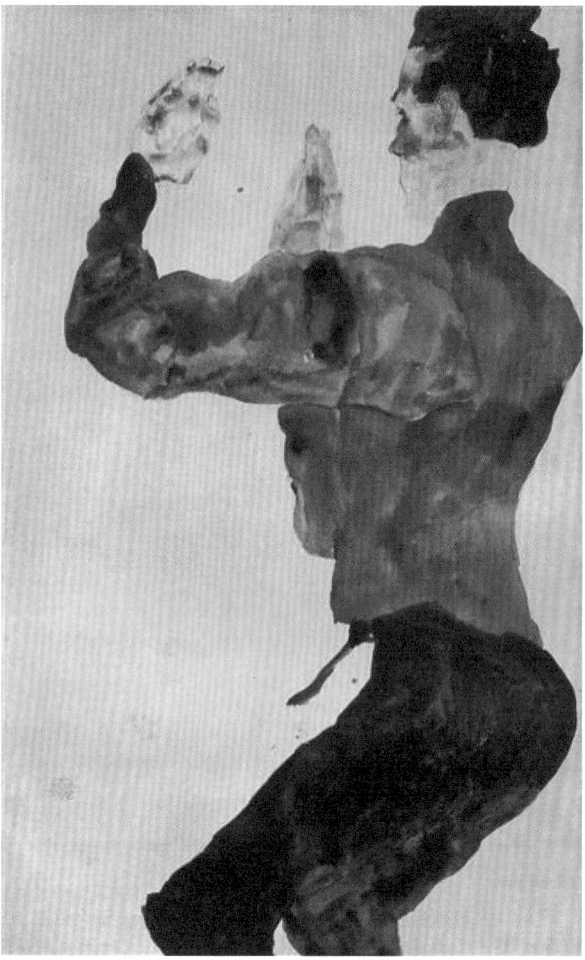

손을 들어올린 자화상 뒷모습, 1912

는 곳 어디든 거닐 수 있습니다. 저는 페슈카를 정말 존중합니다. 그가 사악했다면 게르티가 성숙하기 전에 그녀의 열매를 땄을 것이고, 게르티가 페슈카의 접근을 용인했다면 저는 그 아이를 악마 들린 것처럼 생각했을 것입니다. 저는 이들을 보아 알고 있기 때문에 이런 일들이 발생하지 않을 것이라고 확신할 수 있었습니다.
틀림없이 어딘가 잘못될 가능성도 있지요. 하지만 이것이 제가 크루마우에 머물 때 어떠한 거리낌도 없었던 이유입니다. 게르티의 천성과 고유한 성향을 살펴보는 것이 일종의 제 임무였으니까요.
특히 당시 나와 우정의 관계로 연결되어 있던 안톤 페슈카를 위해서요. 이로써 그들 사이에 닮은 성향이 있다는 것을 머지않아 확인할 수 있었고, 그 사실이 저를 계속해서 확신으로 이끌었습니다.

사람들이 여기저기서 떠들어대는 것에 대해서는 언급하고 싶지도 않습니다.
게르티는 결혼하기 위해서 22세까지 기다려야만 하고, 아직 어린 그녀는 지금 자신이 무얼 하고 있는지도 모를 것입니다. 어떤 것들은 바뀔 수 있을지도 모르지만요.
어쨌든 페슈카의 임무는 결혼을 위해 충분한 재산을 모으고

멜라니, 1908

게르티에게 빛이 비추는 평온하고 풍요로운 삶을 아낌 없이 주는 것입니다.

그나저나 멜라니는 어떻습니까? 나무 아래에서 아무에게나 키스 받기를 기다리는 그 애 말이에요. 그녀는 뭔가 잘못되었어요. 맙소사! 그녀는 다 커서도 자기의 삶에 동반되는 권태와 우울과 불행을 그대로 내보이고 있지 않습니까.
상황에 책임이 있는 것이 아닙니다. 중요한 사람들은 어디에서나 자신에게 잘못을 돌릴 줄 압니다. 하지만 그녀에게는 고귀함이 빠져 있습니다.

성적인 타락에 자주 굴복할 수 있는 자는, 그런 삶이 계속되는 한, 정신이나 영혼은 말할 것도 없고, 삶의 양식도 없이 살아갈 것입니다. 저는 이 모든 것을 불순한 개념으로 봅니다.

신께 감사하게도, 제 기질은 어린 시절 동안 정화되었습니다. 그녀처럼 행동하지 않는 사람이기 때문에 그녀를 제압할 책임은 없습니다.

나는 새로운 것을 보고 탐구해야 한다. 짙은 물, 탁탁 소리를 내는 나무와 거친 바람을 느끼고 싶다.

어째서 썩은 사과는 무르익은 사과 옆에서 성장이 더딜까요?
왜 성숙한 열매는 썩은 열매로부터 고문을 당하고 잡혀있어야 할까요?

저는 여름에 멜라니가 다시 정상으로 돌아왔다고 믿었습니다만, 아아, 그건 사실이 아니었습니다.

그녀는 절대로 세상에서 태양과 별과 대지를 발견하지 못할 것입니다.

저는 멜라니의 연인이 그녀를 저열하게 타락하도록 이끌었다고 생각합니다.

가장 진실한 마음을 담아,
에곤 실레

돈은 악마야

안톤 페슈카에게, 1913. 7. 12. 필라흐

친애하는 안톤 페슈카!

내가 지금 겪고 있는 죽을 만큼 괴로운 일을 너도 모르는 채, 이렇게나 심각한 세상의 비난에 짓눌려 있는 것은 너무 괴로워. 그래서 이 편지를 쓴다.
게르티마저 모르고 있어. 누군가는 날 보고 아주 행복하게 지내고 있다고 하겠지만, 나는 얼마나 더 큰 정신적 고통과 무게를 감내해야 하는 걸까?

늘상 슬픔에 빠져있던 고귀한 내 아버지를 기억하는 사람이 한 명이라도 있는지 의문이야.
아버지가 살았던 곳, 그러니까, 슬픔을 느낄 때 그 아픔을 그대로 간직할 수 있는 장소에 찾아가는 이유를 이해하는 사람이 존재하긴 할까?

나는 모든 존재가 불멸한다고 믿고, 명예 같은 건 겉모습의 단면일 뿐이라고 생각해. 기억들은 내 안에 뒤얽혀 있어. 나는 어째서 무덤을, 그리고 그와 비슷한 수많은 것들을 그렸을까? 내 안에서 그것들이 간절히도 살아있어서겠지.

꽃들! 성상화(聖像畵)를 심어! 아주 촘촘하게 말이야.

나는 사람들이 내 '살아 있는' 예술을 보는 순간 공포에 휩싸이도록 먼 곳까지 갈 것이다.

돈은 악마야! 나는 빌려준 돈은 돌려받지 않아. 보증금만 제외하면 말이야. 그걸로 나는 무얼 했냐고? 나는 그 돈으로 최소한의 필수품만 샀어. 그리고 빈보다 크루마우에서 생활비가 더 적게 들어서 거기에서만 지냈어.
한 푼도 없을 때는 골츠에게서 백 마르크를 받아서 뮌헨에서 지낼 수 있었고, 그 돈으로 재밌는 걸 좀 하고 싶었어.

들어봐! 나는 돈이 있으면 할 수 있는 모든 걸 할 거야.
난 그게 기대돼.

어쨌든 여기선, 가혹한 생활 때문에 사는 데 아무런 즐거움이 없어. 이곳에서 지내는 동안 빚에서 좀 벗어났다면 한결 살 만했을 텐데… .

진실한 인사를 담아,
에곤 실레

도자기들, 1918

잠자는 아이, 1910

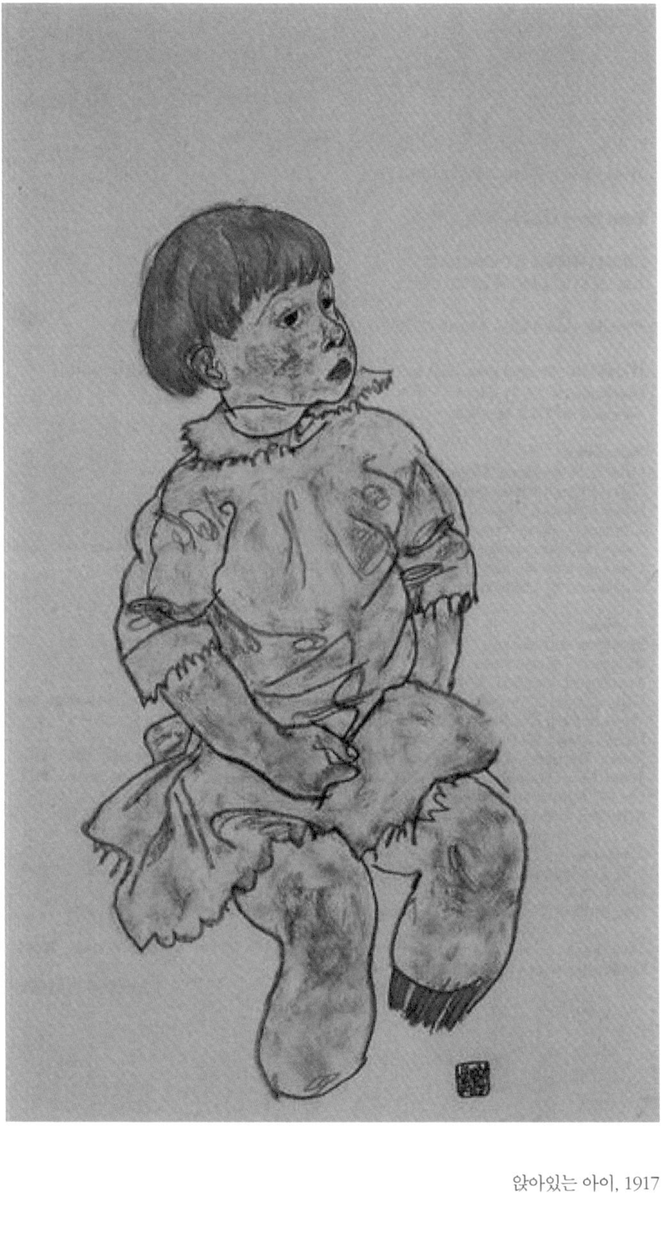

앉아있는 아이, 1917

오로지 나의 힘으로

마리 실레, 1913. 7. 15. 화요일.
트라운 호수의 알트뮌스터

사랑하는 어머니!

무슨 말씀이신지 전부 알아들었습니다. 저도 행동을 취하고 싶습니다. 믿어주세요. 하지만 어머니께서는 제게 실수를 하고 계십니다. 저는 제 직업에 필요한 일 때문에 여행하는 것이고, 이곳이 빈에서 지내는 것보다 돈이 더 적게 듭니다.

저는 세상이 가진 즐거움을 만끽하고 싶습니다. 세상 덕분에 저는 창작을 할 수 있고, 이 즐거움을 빼앗으려는 자들은 누구든 저주받을 거예요.
저는 아무것도 없이 시작했고, 누구도 저를 도와준 적이 없었으며, 제 존재는 오로지 저 자신의 힘으로 일군 것입니다.

수익이 있으면 한결 편할 거예요. 저는 지금 가진 돈이 없어요. 저도 하루하루 살아가고 있습니다. 그게 제가 가진 즐거움의 전부예요. 만약 제게 돈이 있었다면 어머니께 드렸겠지요, 폭탄이 터지는 중에 매트리스는 아무 소용이 없으니까요. 어머니께서는 알지도 못하면서 끝없이 저를 괴롭히네요.
돈을 벌려면 초기자본이 있어야 해요. 어째서 어머니께선 저를 도와주지 않는 건가요?

잠 자는 어머니, 1911

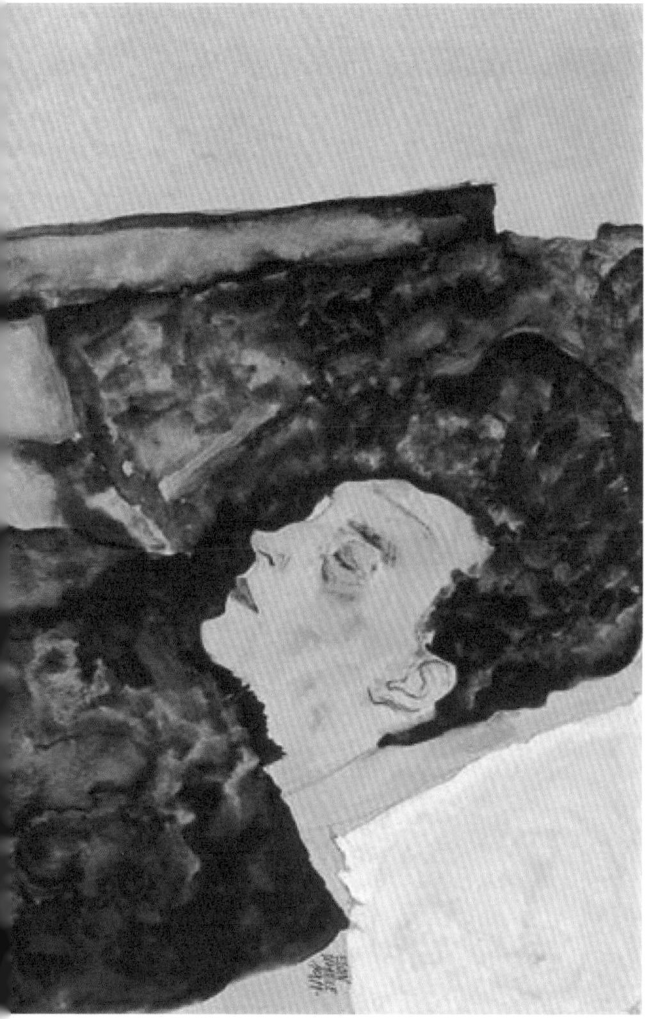

엄마와 아이 Ⅱ, 1912

오늘 저는 어머니가 겪는 것들보다 훨씬 힘든 일들을 견뎌야 했어요. 도대체 왜 제게는 자유가 허락되지 않는 걸까요? 그것을 얻는다면 세상 무엇보다 좋을 텐데. 그러려면 영원한 싸움을 계속해야겠죠. 그 싸움을 하지 않는 사람은 비운할 뿐입니다.

인내심 좀 가지세요! 작은 일에 감사해 보세요! 그렇게 될 것이고 그럼 행복해질 거예요. 제발 방에만 계시지 말고 밖에 좀 나가요!

누군가 저의 감정과 죽음의 기억들을 의심할 때면 가슴에 칼이 꽂히는 것 같아요!

저는 눈물을 흘리며 울지도 않고, 돈에 대한 기억을 떠올리지도 않아요. 누가 아나요, 대체 누가 절 알죠? 그래서 제가 어머니를 의심하는 것입니다.

세상에 특별한 건 없어요! 살고 죽는 것, 그게 아름다운 거죠! 저는 그 둘만을 기쁨으로 기다리고 있습니다.

작은 것들이 모이면 무언가 되겠죠! 그때 제가 돈을 가지고

해변위의 달빛, 1907.

있다면 그 즉시 전부 다 드릴게요, 하지만 시간이 좀 필요합니다! 돈이 생기면 그 돈으로 아버지의 무덤부터 정돈하는 것이 저의 첫 번째 계획이라는 것을 믿어주세요. 그렇지만 저는 돈방석 위에 있는 것도 아니고, 동전 한 닢 모아둔 것이 없습니다.

페슈카에게 하우저씨께 부탁해보라고 하세요. 하우저씨의 집은 아시다시피 작은 집이 아닙니다. 제가 제작할 도자기의 토대가 될 받침돌은 80cm에서 100cm 정도 콘크리트로 된 인공 바위이고 가격은 제 생각에 최대 150크라운은 될 것 같습니다.

(페슈카는 보는 즉시 내게 편지를 보내도록. 주소 : 에곤 실레, 미술 비평가 아르투어 뢰슬러씨 댁, 트라운 호수의 알트뮌스터, 가이그 별장)

진심을 담아서,
에곤

신체에는 존재하기 위해 소모되는 고유의 빛이 있다. 그것은 항상 불타오르고 있으며, 외면에서 비춰오는 것이 아니다.

신성한 가족, 1913

성찰하는 삶을 사는 이

안톤 페슈카에게, 1914. 11. 23. 빈

친애하는 안톤 페슈카!

우리 알고 지낸 지 꽤 오래되었구나. 너는 참 슬픈 삶을 살았어. 그게 너를 만들었지. 너는 정말 많은 일을 겪었으니까. 하지만 이제는 달라져야 할 때야. 너는 큰 결핍을 지녔지만 그걸 넘어서 나아가야 해. 네가 삶의 주인이 되어 지휘해야 하는 거야. 성찰하는 삶을 사는 이가 더 빨리 진전하는 법이니 말이야.

우리가 농부나 시골 촌뜨기에만 머무를 필요는 없어. 다른 무언가가 되어도 다른 이들과 달라지는 것, 그 이상, 그 이하도 아닐 뿐이지만 말이야.

과거로 돌아가길 바라서는 안 돼. 그건 후퇴일 뿐이야. 그래서 내가 여기에 너희들과 머무르고 싶지 않은 거야.
나는 전쟁이 끝난 후에 베를린에 갈 거야. 그리고 내 인생을 다시 시작할 힘을 기를 거야.
우리 모두에게 '앎'과 '분별', 그리고 '행복'이 함께하기를….

가장 진실한 인사를 담아,
에곤 실레

내가 외설적인 데생과 수채화를 그렸다는 것은 사실이다. 하지만 그것들은 언제나 예술 작품에 속할 것이다. 아직 성적인 그림을 그렸던 예술가들이 하나도 없었단 말인가?

오른 쪽을 바라보는 자화상, 1907

선원복을 입은 소년, 1913

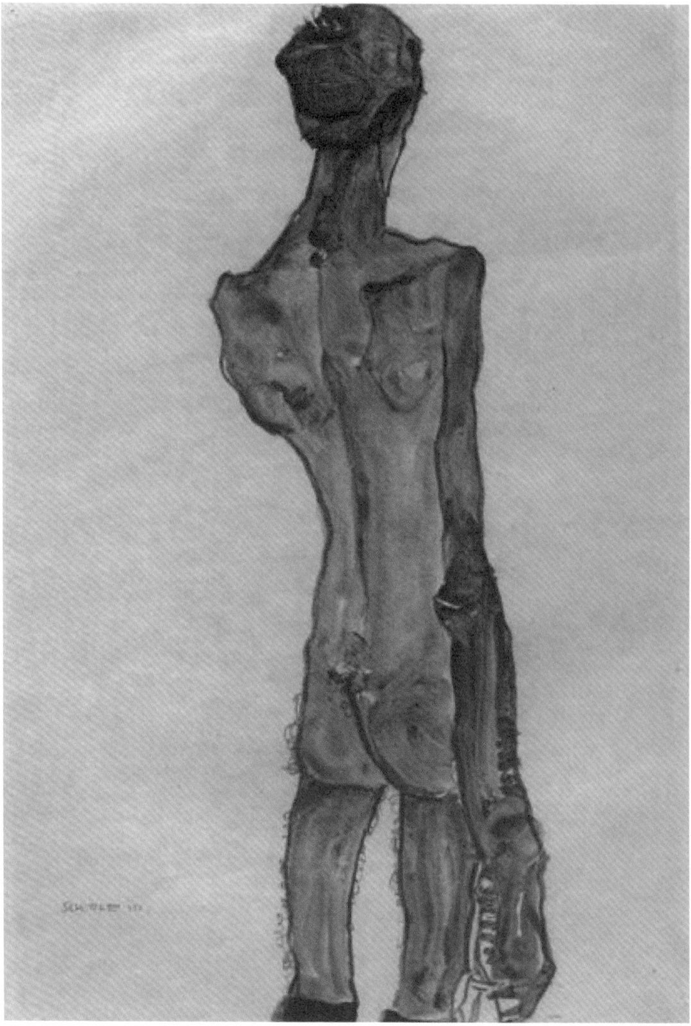

서 있는 남성 누드, 1910

두 명의 작은 소녀, 1911

Eternal Existence
영원한 존재

태양을 보게 될 것이다

게르투르트 실레에게, 1914. 11. 23. 빈

사랑하는 게르티!

우리는 지금껏 세상에 없었던 가장 어려운 시대를 지나고 있구나. 결핍과 상실에 익숙해져 있고 수십만의 사람들이 비참하게 죽어가고 있다.
모두 살아가며, 혹은 죽어가며 자신의 운명을 짊어져야 한다. 우리는 단단해졌고, 용감해졌다.

1914년 이전에 존재했던 것은 다른 세상에 속해 있고, 그곳에 죽은 이들을 위한 희망은 없단다. 그러니 우리는 다가오는 미래에 눈을 고정하자꾸나.

우리는 삶이 가져올 모든 것들을 견뎌낼 준비가 되어 있어야만 한단다.
그럼 폭풍이 지난 후에 태양 빛이 비치듯이, 우리도 그 태양을 보게 될 것이다.

이것이 네 오빠가 너의 행복을 위해 바라는 모든 것이란다.

에곤 실레

나는 모든 존재의 불멸성을 믿는다.

나무 사이 집, 1908

푸른 강 위의 도시, 1910

빨간 원피스를 입은 금발 소녀, 1916

새로운 것을 존중해야 합니다

마리 실레에게, 1914. 11. 23. 빈

사랑하는 어머니!

제가 게르티와 페슈카에게 쓴 모든 것을 어머니는 이해하셔야 해요. 그러길 바라고요….

지금 우리의 시대는 변하고 있어요. 어머니께서는 젊은이들에게 양보해야 하며 그들의 모든 행동과 의견을 이해하고 따라야만 해요. 삶이 순환하려면 '새로운' 것을 격려하고 존중해야 합니다. 과거는 더 이상의 삶이 없으니 당신의 이웃들이 오래전 어떤 사고로 뭉쳤는지 떠올리지 마세요. 그건 과거일 뿐이고, 그 시대의 전통과 관습은 절대 돌아오지 않으니까요. 이따금 게르티를 타일러 주세요. 그녀에게 힘을 북돋아 주시고, 불쾌한 것들은 상기시키지 말아 주세요. 당신이 가진 모성 그 자체만을 목적으로 그녀를 돕고 지지해 주세요. 그러면 그녀는 당신께 감사와 사랑을 드릴 거예요.

사랑을 전하며,
에곤 실레

저는 아마 5시에 돌아올 거예요.

어머니는 정말 낯선 여인이었다… 그녀는 나를 아주 조금도 이해하지 못했으며 나를 그다지 사랑하지도 않았다. 만약 나를 사랑하거나 이해했다면 그녀는 희생을 치를 각오를 했을 것이다.

게르투르드 실레의 초상, 1909

두 아이와 어머니, 1917

젊은 어머니, 1914

내 말을 들어봐요

에디트 실레, 1915. 6. 21. 파리 호텔, 92호

사랑하는 나의 에디트,

나는 지금 막 오믈렛 색 막사[1)]에서 이 건물로 송치되었소.
이곳은 우리가 얼마 전에 전시회를 왔었던 곳이지.
바로 왼편에는 현대미술관이 있고 말이오.

나는 여기서 토요일까지 갇혀있다 들었어.

내 말을 들어봐요.

마음을 편히 갖고 이리로 오시오.
당신도 이 건물을 둘러보아야 해.
전시장 공원의 뒤편에는 커다랗고 곧은 골목이 있고
공원은 철제 장식문으로 둘러싸여 있어.

아래 내가 그린 약도를 따라서 오면 찾아올 수 있을 거요.
밖에서 돌아다니고 있으면 내가 어딘가 깊숙이 숨어 기다리리다.

벤치에 앉아 계시오(벽돌 쪽의!).
언제가 될지 말해줄 수는 없지만, 할 수 있는 한 계속 거기

연인들, 1909

연인들, 1914-1915

모든 것이 살아있으면서 죽어있다.

에 있을 거요.
3호선 트램을 타면 돼.

징병심사는 아직 열리지 않았소.
아마 내일인가?

키스를 전하며,
조용히 잘 지내시오.

당신의 에곤.

! 1) 막사의 색깔이 쇤부른 성의 황토색 벽의 것과 같아서 생긴 별명

그레이하운드와 여인_에디트 실레, 1916

세 남성 누드 구성, 1910

에디트 실레의 초상, 1918

앉아 있는 에디트 실레, 1915

희망만이

마리 실레에게, 1915. 7. 10. 토요일

사랑하는 어머니께,

제가 군인이 된 지도 2주가 지났습니다. 예상하고 계시듯, 제 상태는 갈수록 나빠지고 있습니다. 에디트는 노이하우스의 센트럴 호텔에 머무르고 있고요.

만약 제게 편지를 보내실 거면 보헴에 있는 노이하우스의 센트럴 호텔로 보내주세요. 거기서 머무르지는 않지만, 매일 11시에서 1시, 저녁 6시에서 9시 사이에 방문합니다.

우리는 절대 거리를 돌아다니지 않아요. 아직도 저는 노이하우스에서 단 한 번의 산책도 한 적이 없습니다. 군복들을 보면 구역질이 나요!

도대체 우리는 무엇이 되어 버린 거죠?
이 비열한 전쟁은 언제쯤 끝이 날까요.

정말이지 인간이 여태껏 겪어본 적 없는 최악의 삶을 살고 있어요. 우리는 무엇을 위해 태어난 걸까요.

그렇지만 저는 아직 희망을 버리지 않았어요. 그 희망만이

나는 그토록 슬픔에 빠져있었던 고귀한 내 아버지를 기억하는 사람이 단 한 명이라도 있었는지 의문이다.

우리를 두 발을 짚고 서 있게 하니까요.

제 동료들은 언제나 케이크나 타르트, 혹은 집에서 온 편지들을 받는데 아직까지 저만 아무 것도 받지 못했습니다.

답장을 기다리며,

진심을 담아.
에곤 실레

겨울 나무들, 1912

갈색 배경의 자화상, 1912

누운 여성 누드, 1908

정신의 고귀함과 진실성에

안톤 페슈카에게, 1917. 3. 2

친애하는 A.P. 네가 이달 20일에 빈에 온다니 기뻐. 나는 매일 4시부터 시간이 있어. 그리고 6시에서 8시 사이에는 아틀리에에서 나를 볼 수 있을 거야. 일요일에는 온종일 자유야. 우리는 결국 다시 함께하게 되었구나.

'미술관', 이런 거대한 차원은 결국 거장의 한 발걸음으로 시작되었어. 그건 공기 안에 새겨져 있었고. 미술… 문학과 음악, 모든 예술 세계는 오스트리아에서 시작됐어. 아마추어들과 예술가들이 창시자야. 다른 사람 중에는 아널드 쇤베르크, 구스타프 클림트, 요제프 호프만, A.하낙, 페터 알텐베르크, 그리고 많은 이들, 훌륭한 미술사학자들, 등이 있지. 이들은 유대감보다는 그저 사업적인 관계로 묶였을 뿐이야.

우리의 소명은 이런 거야.
피비린내 나는 세계 대전의 공포가 우리 속에 녹아든 이후로, 우리 중 몇몇은 예술이 그저 부르주아의 사치 거리가 아닌 그 이상이라는 것을 깨달았을 거야.

우리는 정치적 평화의 시기가 도래하면 결국 고귀하신 문명의 잔존과 물질주의적인 경향 사이에서 대립이 일어날 것을 인지하고 있어. 그건 돈만 중시하는 시대가 남긴 유물이지.

무제, 1918

이에 맞서, 정신적인 이들의 의무는 오스트리아를 문화적 침체기로부터 구하고, 과거의 치명적인 실수로부터 들고 일어나 체제의 붕괴를 열망하며, 어떻게든 정신적인 가치를 재건하는 청년의 목표에 일조하는 거야.

우리는 전쟁에서 돌아올 자들을 위한 전쟁을 준비해야 해. 그들은 완벽히 새로운 곳에서 무언가를 창조할 기회와 공통된 선을 위해 일할 기회를 가져야 해. 그렇기 때문에 자라나는 세대를 고립으로부터 보호하고, 반드시 살아있는 삶에서 분리되는 일을 막아야 해.

이를 위해 함께 모일 장소를 만들고자 독립적인 젊은이들이 모였어. 그들은 회의장이나 전시장을 빌려서, 화가, 조각가, 건축가, 음악가, 그리고 시인들에게 문화의 파괴에 맞서 저항하는 청중들과 만날 기회를 제공하고 있어. 이 독립적인 젊은이들의 모임은 물질주의와 싸우고 있고 불순한 예술가는 입 다물게 하고 있어.

우리는 이 시도를 해야만 해.
왜냐하면, 영혼이 정신의 부재로 인해, 생존 본능에 의해, 억누를 수 없는 충동에 의해, 그리고 인류가 가진 이상향에 대

볼에 손을 댄 자화상, 1910

한 맹목에 의해 붕괴할 지경에 이르렀기 때문이야. 그리고 그 영혼을 보호하는 것은 모든 젊은이의 궁극적인 사명일 거야.

여기서 우리가 맡아 하려는 일은 잠깐의 변덕 같은 것이 아니라, 도덕적이고 동시에 애국적인 일이야. 이것으로부터 무관심을 유지하려는 자들은 누구든지 오스트리아의 삶에 되돌릴 수 없는 해를 가하는 인간들이야.

우리는 어두움에서 벗어나길 원하고, 이 땅에서 태어난 힘이 즐겁게 운동하는 것을 목격하고자 하기 때문에, 재능이 다른 곳으로 도망가는 것을 막고, 오스트리아가 시작한 모든 것으로 이 나라의 영광을 이룩하길 바라는 거야.

우리는 지금 역사상 중요한 전환점에 서 있고, 이 독특한 순간을 모두가 함께 인식하고 있어. 인류의 과제로 여겨야 할 것은, 수 세기 동안 전해져 온 세상에서 제일 귀한 문화적 유산을 지키고 보호하는 데에 전념하는 것이고, 여기에 우리가 손 놓고 있지만은 않았다는 것을 증명하고 증언하는 거야.

저택, 교회와 집들, 1912

우리는 우리의 목적이 가진 중요성과 그것을 실행할 때 따라올 어려움을 모두 알고 있어. 하지만 불가능해 보이는 것에 모두들 즐거움과 열의로 뛰어들고 있어. 우리는 아직 젊고, 이 일은 결국 우리 자신을 위한 일이기 때문이야.

우리를 지지해줄 수단과 힘을 가진 이들은 멀리 있지 않아. 그들의 이마에 죽은 친구들과 동료들의 순결한 기억을 새기고 있다는 사실이 성스러운 의무감을 느끼게 하지.

잊을 수 없는 이들, 그리고 정신의 고귀함과 진실성에 충성을 유지하도록 말이야.

아래는 곧 인쇄할 내용이야.

〈공지〉
독립적인 젊은이들이 전쟁으로 인해 붕괴된 예술 분야의 모든 힘을 모으려는 의도 안에서 연합하고 있습니다.
우리는 예술가, 시인, 그리고 음악가에게 문화의 황폐화에 저항할 준비가 되어 있는 청중을 만날 기회를 제공하기 위해 전시 공간 및 회의실을 마련했습니다.

슬픈 낚싯배, 1912

‘미술관’은 더는 예술적 경향을 제공하지 않으며 대량 전시를 만들지 않고, 그룹 전시 행사에서 예술가들이 표현할 수 있는 장을 열어줄 것입니다.

전시 공간을 무료로 지원받는 예술가는 이 공간의 단독 주인이 됩니다. 설립자는 단순한 조직 위원회일 뿐이며 연합의 형태가 아닙니다. 여기에는 회원이 존재하지 않습니다.

예술가는 자신에게 주어진 초대장이나 직접 신청을 통해 ‘K’와 접촉하게 됩니다. 모든 순이익은 도움이 필요한 오스트리아 예술가를 위한 지원 기금으로 사용됩니다. 예술가는 재정이 아닌 다음의 사항으로 지원받습니다.

a) 예술 작품과 원고의 판매를 통하여
b) 대회를 통하여
c) 작품의 외국어 번역을 통하여
d) ‘미술관’의 개인 전시 공간 제공을 통하여

‘K’의 기금으로 예술 작품을 구매하거나 새로운 미술

나는 내면이 넘치도록 가득 차 있어서, 자신을 드러내야만 살 수 있다.

관을 설립할 것입니다. 'K'의 구매 사항은 작품이 재판매 될 때까지 그의 사유재산으로 남습니다. 추가된 가격은 지원 기금을 통해 지급합니다. 이러한 방법으로, 'K'가 지원 기금을 통해 지급한 재정은 추가 비용을 통해 메워질 것입니다. 이로써 'K'의 재정적 능력은 감소하지 않습니다('K'는 자신의 예술 작품을 판매하는 판매자이자 편집자입니다).

가장 중요한 건 이거야. 'K'의 지원이 지속된다면 평화가 확립되었을 때, 시민공원 가까이에 장소를 선택해서 우리만의 공간을 만들 거야. 첫 분기 동안 우리에게 약 3만에서 4만 크라운이 모일 거라고 확신하고 있어.

기부자, 후원자, 자선가의 명단에 맞춰 이 모든 걸 인쇄할 거야. 그리고 우리는 1년에 한 권의 책을 출간하고 도록도 낼 거야. 잘하면 월간 예술 잡지도 낼 수 있을 것 같아. 우리만의 출판사를 통해서 말이야.

답장을 기다리며,
진심을 전한다.

에곤 실레

클로스터노이부르크의 도시광장 집들, 1908

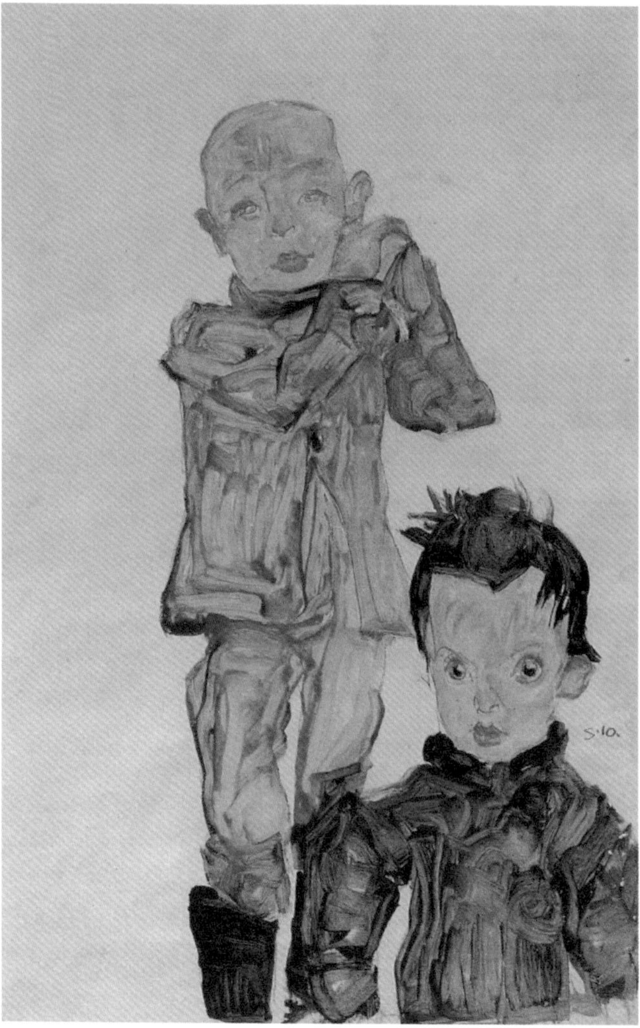

두 소년, 1910

어서 날 보러 와 줘

안톤 페슈카, 3. 13. 제 1연대 42, 제 1대대, 제 3중대

친애하는 A.P. 네 편지는 9일에 잘 받았어.

아마도 지금이 시대의 움직임과 함께하기에 전에 없이 좋은 때인 것 같아.
내 말은, 사람들이 새로운 예술에 관심을 두고 있다는 거야.

고전적이든 최신 경향에 따른 것이든, 이렇게 사람이 많이 찾아오는 전시는 이제까지 없었어. 전시가 시작된 날 정오에는 전시장에 발 디딜 틈도 없었다니까. 사람들이 그 정도로 많았거든, 같은 시간 일요일에도 그랬고.

우리는 다른 어떤 전시에서보다 많은 작품을 팔았어. 말도 안 되는 비난도 당연히 있었지만… 사람들은 새로움으로부터 오래 단절되어 있으면 비로소 다시 호흡하지.

카탈로그에는 애석하게도 네 작품의 이미지가 없어.
그리고 나도 모르는 사이에 두 전시장의 진열이 바뀌면서 수수료가 올랐어.

그래도 네가 그린 꽃 그림 두 점이 전시되었어.
빈으로 돌아오면 그림 작업에만 집중하도록 해.

예술가를 제한하는 것은 범죄이고, 싹 트는 삶을 살해하는 것이다.

이 다음에 할 전시를 잘 준비하려면 말이야. 그게 너한테도 가장 유익할 거야. 왜냐하면 이번 컬렉션은 좀 수정한 후에 외국으로도 보낼 거거든. 외무부에 연락해서 모든 비용을 대주길 청원할 거야.

다른 건 여기 와서 이야기하자. 되는대로 빨리 빈으로 돌아와. 하루하루가 소중하니까 말이야. 나머지는 저절로 해결될 거야.

어서 날 보러 와 줘.

에곤

두 친구, 1912

화가 안톤 페슈카의 초상, 1909

삼림의 기도, 1915

사랑의 안부

마리 실레에게, 1918. 10. 27. 빈

사랑하는 어머니,

에디트가 독감에 걸리고 폐렴을 앓은 지 어제로 여드레가 되었습니다.

심지어 임신 6개월째입니다. 병세가 심각합니다. 거의 사경을 헤매고 있어요.

최악의 상황을 준비하려 합니다. 그녀가 계속해서 숨을 잘 못 쉬거든요.

어머니와 멜라에게 사랑의 안부를 전합니다.

에곤

다리, 1913

케른텐주의 낡은 벽돌 집, 1913

에디트 실레의 초상, 1915

에곤 실레의 편지와 사람

에곤 실레의 인생을 통틀어 가장 중요한 주제는 자신의 존재를 그림자처럼 무시하는 어머니와의 전쟁이었다. 서신에는 이러한 점이 잘 드러나 있다. 또한 서신을 통해 독자들은 에곤 실레가 가진 내면의 고민 근간에 대한 깊은 이해를 얻을 것이다. 그래서 이 서신들을 보지 못했다면 에곤 실레의 단면만 본 것이라고 봐도 무방하다.

그는 철도 회사에 다니던 아버지와 체코인이었던 어머니 사이에서 태어났다. 아버지가 매독에 걸려 사망했을 때까지도 한없이 차갑기만 한 어머니에게 충격을 받아 그 이후로 어머니에 대해 분노와 증오가 어린 감정으로 일관한다.
서로 저주를 퍼부으며 설전을 벌이는 등 에곤 실레는 죽을 때까지 어머니와 관계를 호전시키지 못한다.
에곤 실레는 사랑의 모체인 어머니와의 관계에서 사랑의 순환을 하지 못했다. 그는 그것을 '죽음'의 상태로 여겼다.

자신의 내면에 쌓여가는 죽음의 벱들로부터 이기기 위해 에곤 실레가 선택한 것이 예술의 세계였다.
한편 돌아가신 아버지의 역할을 대신한 사람이 삼촌 레오폴드 지하체크였다. 레오폴드와의 서신에서는 다른 사람에게는 하지 않는 개인적인 철학에 관해 얘기하고 내밀한 내적 세계를 공유했다.

서신에서 수신인으로 자주 등장하는 안톤 페슈카도 에곤 실레가 의지하는 친구 중 한 명이었다. 그는 화가 동료이자 제일 아꼈던 여동생 게르티의 애인이었고 에곤 실레의 유일한 친구였다.
또한 직접 편지를 쓰진 않았지만, 그의 스승이었던 클림트가 편지 안에 조력자의 형태로 등장하는 것으로 보아 그와도 친밀한 관계를 유지했던 것으로 추정된다.

에곤 실레를 외설적인 작가라고 착각할 여지가 많지만, 사실 에곤 실레는 성적으로 굉장히 보수적인 시선을 가지고 있었다. 이는 서신에서 여동생 게르티의 혼전순결에 집착하거나 큰누나 멜라니의 동성애 기질을 혐오하는 모습 등으로 예측할 수 있다. 하지만 그림에는 레즈비언 모델이 종종 등장하는데, 이를 통해 에곤 실레가 누나로부터 원하든 원하지 않든 정신적인 영향을 받았다는 것을 추측할 수 있다.

에곤 실레가 본래 자유분방하고 퇴폐적이라고 생각했던 독자들이라면 이렇게 성적으로 엄격한 잣대를 가지고 있는 서신 속 에곤 실레에게 적잖이 놀랄 것이다. 그림을 통해 외설적인 것을 표현하는 것이 사뭇 이면적인 모습이었다는 것 또한 서신 속 에곤 실레가 보여주는 흥미로운 진실이다.

한편 에곤 실레는 여동생 게르티에게는 유독 각별했다. 게르티는 가족 중 유일하게 그를 지지하고 돌보던 사람이었다. 그래서 어머니에게 쓴 서신에서도 게르티에 대해서만큼은 애정과 걱정이 묻어난다.

하지만 어머니에게 받은 상처 때문인지, 이성 관계에서는 사뭇 비겁한 관계의 양상을 띠기도 한다. 자신에게 일편단심으로 헌신했던 발리를 본인 일신의 안정을 위해 헌신짝처럼 버리고 경제적으로 안정된 집안의 에디트와 결혼하는가 하면, 결혼한 후에도 발리에게 자신의 뮤즈로 있어 달라고 하는 등 자신을 사랑한 여성에게 잔인한 행동을 보이기도 했다.

에곤 실레는 에디트에게도 역시 비슷한 심리였던 것 같다. 사랑을 통해 그녀와 연결되었다기 보다는, 삶의 안정을 따

르기 위해 그 관계를 선택한 것이기 때문이다.
에디트는 그렇게 그에게 안정감을 주는 대상이었지만 결국 독감에 의해 임신한 채로 사망한다. 그 후 에곤 실레 또한 공교롭게도 그의 안식처였던 에디트에게서 감기를 옮아 그녀가 죽은 지 사흘 만에 사망한다.

에곤 실레가 죽을 때까지 그렸던 그림들, 반 분리파 운동 등은 그 당시 파격적인 행보였음에 틀림없다. 이는 부자유한 도덕, 어머니의 법, 사회의 법 등이 만든 내면의 비겁함, 어두움, 부자유로부터 탈피하고, 인간답게 살아있고자 한, 한 인간의 몸부림이라고 봐도 무방할 것이다. 그래서 에곤 실레의 예술 세계는 자신이 죽음의 법에서부터 삶으로 나아가는 유일한 창구로 해석할 수 있다.

에곤 실레와 주변인과의 관계를 선명히 느낄 수 있는 서신집을 통해 에곤 실레에 대해 보다 입체적인 이해를 할 수 있길 기대해본다.

세어보니 역자는 실레가 죽은 나이보다 3년을 더 살았습니다. 문득 창밖을 보면서 내가 오늘 죽는다면 나를 기억하는 사람이 있을까 하는 생각도 해봅니다. '걔가 그렇게 죽었대.' 주변은 웅성거리다 일상으로 돌아가겠지요.
그런 면에서 실레에게 부러운 마음뿐입니다. 그림으로든 불꽃 같은 생애로든 여전히 그를 기억하는 이가 많으니까요.

사람이 죽어서 다른 사람에게 남기는 건 결국 시간이 아닌가 싶습니다. 그중에서도 다른 사람의 마음에 자신을 창조한 시간이요.

피천득 시인은 '위대한 사람은 시간을 창조해 나가고, 범상한 사람은 시간에 실려간다'고 했습니다.
실레의 시계는 28년째 해에 멈췄지만, 그가 창조한 시간은 그림으로, 시로, 또 편지로 남아 영원히 사는 것을 봅니다.

서신들을 관통하는 감각은 '고통' '안타까움' '결핍'이 주를 이루고 있습니다. 때로는 그 나이 때만 가능한 치기 어린 응석, 혹은 오만한 투의 비난이 적잖이 솔직해서, 역자는 지나온 20대를 떠올리고 있는지도 모르겠습니다.

그는 안과 밖이 뒤바뀐 자였습니다. 부모의 사랑이라고 할 수 있는 '안'에서의 충족이 박탈되어, 예술이나 다른 곳에서 그것을 찾아야 했기 때문입니다.
어머니가 아닌 다른 곳으로부터 그의 '안'을 형성해 나가야 했기에, 모든 예술 활동은 그의 존재를 증명하고자 한 결핍의 예술이라고 부를 수도 있겠습니다.

어릴 때, 아이의 발달을 책임지는 어머니와의 애착이 형성되기 어려운 환경으로 추정되는 대목이 많아서 그렇게 칭해봅니다. 하지만 그가 가장 많은 서신을 보낸 사람 또한 어머니였습니다.
언제나 그의 존재를 거절당하면서도 끝까지 받아들여지기를 노력합니다.

실례는 사랑받고 사랑하기 위해 깨어지기를 반복했던 것입니다. 끝을 알 수 없는 싸움을 계속했습니다.

이럴 때 싸우는 자가 몇이나 될까요.

미워하는 것도 화내는 것도 삶을 사랑하지 않으면 올 수 없는 것.

실레의 이런 싸움이 무용하다고 볼 수 있을까요.

서신을 읽고서 다시 부어지고 태워지기로 한 당신이 있다면
역자는 그의 시계가 멈추었다고 생각지 않습니다.

실레가 비춘 마음을 바라봅니다.

이제 우리 각자의 시간을 창조하러 갈 시간입니다.

문유림

자화상

Selbstporträt

초판1쇄 발행 2018년 11월 18일
초판2쇄 발행 2021년 06월 10일

지은이 에곤 실레
옮긴이 김선아, 문유림
펴낸이 최병윤
펴낸곳 알비
출판등록 2013년 7월 24일 제2020-000041호
주소 서울시 서대문구 증가로30길 29-2
전화 02-334-4045
팩스 02-334-4046

종이 일문지업
인쇄 이든미디어

ISBN 979-11-86173-54-1 03850
가격 12,000원

「이 도서의 국립중앙도서관 출판예정도서목록(CIP)은 서지정보유통지원시스템 홈페이지(http://seoji.nl.go.kr)와 국가자료공동목록시스템(http://www.nl.go.kr/kolisnet)에서 이용하실 수 있습니다.(CIP제어번호: CIP2018032930)」

잘못 만들어진 책은 구입하신 서점에서 바꾸어 드립니다.
알비는 리얼북스의 문학, 에세이, 대중예술 브랜드입니다.
독자 여러분의 소중한 원고를 기다립니다(rbbooks@naver.com).